4 bis

Loi n° 49.956 du 16 juillet 1949 sur les publications destinées à la jeunesse : septembre 2010
Dépôt légal : septembre 2010
Imprimé en France par Mame Imprimeurs à Tours

ISBN 978-2-211-20159-9

Fabienne Mounier et Daniel Hénon

Le grand livre des Bolkodaz

Mouche

l'école des loisirs

11, rue de Sèvres, Paris 6e

– Henri, dit un soir madame Bolkodaz à son mari, nous commençons à nous faire vieux. Et si nous écrivions un livre sur notre vie ?

– Voilà une excellente idée, Suzanne, répondit monsieur Bolkodaz.

Nous pourrions raconter…

Le trésor

Une nuit, monsieur Bolkodaz fit un rêve.

À l'aide d'une bêche, il creusait un trou au pied de la tour Eiffel.

Au fond du trou, il y avait un trésor.

Au matin, il raconta son rêve à madame Bolkodaz.

– Quel rêve idiot, dit madame Bolkodaz, et puis que ferions-nous d'un trésor ?

– Tu as raison, approuva son mari, c'est un rêve idiot.

La nuit suivante, monsieur Bolkodaz fit le même rêve.

À l'aide d'une bêche, il creusait un trou au pied de la tour Eiffel.

Au fond du trou, il y avait un trésor.

– Ce serait bien finalement de trouver un trésor, dit madame Bolkodaz d'une voix songeuse.

– Oui, nous ne sommes pas si riches, dit monsieur Bolkodaz.

Et ils envisagèrent tout ce qu'ils pourraient faire s'ils étaient riches.

La troisième nuit, monsieur Bolkodaz creusait toujours au pied de la tour Eiffel.

Quand le jour fut levé, il décida avec sa femme d'aller voir sur place.

Ils prirent leur voiture, firent beaucoup de kilomètres et arrivèrent au pied de la tour Eiffel.

Là, ils jugèrent plus prudent d'attendre la nuit.

– Ne nous faisons pas remarquer, souffla monsieur Bolkodaz en cachant la bêche sous son pardessus.

Les Bolkodaz furent arrêtés à minuit alors qu'ils étaient en train de creuser un trou au pied de la tour Eiffel.

Au policier qui les interrogeait, ils racontèrent piteusement toute l'histoire.

Le policier éclata de rire.

– Ah ! s'il fallait croire les rêves ! Moi, toutes les nuits, je rêve que si je me rends à des kilomètres de là, au pied d'un petit sapin qui appartient à des gens qui s'appellent Bateaugaz ou quelque chose comme ça, je trouverai un trésor. S'il fallait que je creuse au pied de tous les sapins du pays… Ah ! Ah !

Sitôt rentrés chez eux, monsieur Bolkodaz creusa tout autour du petit sapin qu'il avait planté à Noël.

– Oh ! Suzanne, regarde ! s'exclama-t-il, en époussetant un petit objet recouvert de terre.

– Henri, fit madame Bolkodaz tout émue, voilà bien soixante ans que je me demande où il a pu passer…

– C'est bien lui, continua monsieur Bolkodaz, le petit ours que j'ai gagné à la fête le jour où nous nous sommes rencontrés…

Cette nuit-là, monsieur Bolkodaz rêva d'un ours, d'une fête, de madame Bolkodaz, mais pas de la tour Eiffel.

Les trois perdrix

Un matin d'automne, monsieur Bolkodaz tua trois perdrix à la chasse.

Il les donna à sa femme et suggéra d'inviter leur vieil ami Raoul à dîner.

Madame Bolkodaz chercha une recette de perdrix dans son encyclopédie culinaire.

Quand les perdrix furent rôties, elles semblaient si appétissantes que madame Bolkodaz ne put s'empêcher d'en grignoter un peu…

… un petit peu…

… un tout petit peu…

… jusqu'à ce que le plat fût vide et bien nettoyé.

– Qu'est-ce que j'ai fait ? se demanda-t-elle affolée ?

– Les perdrix sont-elles cuites ? demanda monsieur Bolkodaz, ça sent rudement bon.

– Tiens, va aiguiser ton grand couteau dans le jardin, répondit madame Bolkodaz.

C'est alors que Raoul sonna à la porte d'entrée.

– Oh ! Raoul, je ne sais pas ce qui se passe, fit madame Bolkodaz, il y a Henri qui aiguise son grand couteau en disant qu'il va te tuer.

– Henri, mon vieux copain ? ce n'est pas possible, dit Raoul.

À cet instant, il vit dans le jardin monsieur Bolkodaz aiguiser son grand couteau d'un air féroce.

Raoul fit demi-tour et se sauva à toutes jambes.

– Henri, cria madame Bolkodaz, Raoul a volé les perdrix !

– Raoul, mon vieux pote ? ce n'est pas possible, dit monsieur Bolkodaz.

Mais au bout de la rue, il y avait bien Raoul qui s'enfuyait au quadruple galop.

– Bon sang ! s'exclama monsieur Bolkodaz et il se lança à sa poursuite, son grand couteau à la main.

Une heure plus tard, monsieur Bolkodaz et Raoul étaient de retour.

– Allons, Suzanne, dis-nous où sont les trois perdrix.

– Je ne sais pas ce qui m'a pris, Henri, je les ai toutes mangées, dit madame Bolkodaz en éclatant en sanglots.

Monsieur Bolkodaz pardonna à sa femme. Ils se régalèrent d'une soupe aux poireaux et se promirent, qu'à l'avenir, ils se diraient tout.

Le naufragé

Les Bolkodaz avaient l'habitude de passer la belle saison au bord de la mer.

Un jour ils partirent en bateau pour une partie de pêche.

Le ciel était bleu, la mer calme, l'humeur joyeuse, le poisson abondant.

En moins de temps qu'il ne faut pour le dire, une terrible tempête se leva.

– Au secours ! à l'aide ! cria monsieur Bolkodaz. Ma femme et le chat d'abord !

– Non, c'est moi d'abord ! beugla en réponse une voix sinistre.

Dans l'eau, un homme se noyait.

Monsieur Bolkodaz lui tendit une longue gaffe qui, par mégarde, frappa le naufragé au visage et lui creva l'œil.

– Mon pauvre monsieur, que vous ai-je fait ? se lamenta monsieur Bolkodaz une fois l'homme repêché.

Les Bolkodaz ramenèrent tant bien que mal le bateau au rivage.

Ils conduisirent le naufragé dans leur maison où ils lui prodiguèrent les premiers soins en attendant l'ambulance.

Le lendemain matin, les gendarmes venaient arrêter monsieur et madame Bolkodaz.

À la gendarmerie, le naufragé, sorti de l'hôpital, accusa les Bolkodaz de lui avoir crevé l'œil.

Les Bolkodaz attendirent leur procès en prison.

Le jour du procès arriva.

– Ces gens-là m'ont frappé et m'ont crevé l'œil avec une gaffe ! répétait obstinément le naufragé. Je demande qu'ils me payent un dédommagement considérable.

– Oui, mais tout de même, disaient timidement monsieur et madame Bolkodaz, nous lui avons sauvé la vie.

La juge était bien embarrassée pour rendre son verdict, quand dans l'assistance, une enfant prit la parole.

– Tu n'as qu'à remettre le monsieur à la mer, là où les Bolkodaz lui ont crevé l'œil, dit-elle à la juge. S'il peut revenir tout seul à terre, il aura gagné et il aura son dédommagement.

L’homme commença à faire grise mine, et quand il fut au bord de l’eau, d’un coup se retourna et se sauva à toutes jambes.

On ne le revit plus jamais.

Les Bolkodaz retrouvèrent leur petite maison avec joie.

Ils poursuivirent agréablement leurs vacances et s'inscrivirent à un cours de natation, au cas où pareille aventure leur arriverait de nouveau.

Nous vivrons sur la mer

Chanson

NOUS VIVRONS SUR LA MER

Remarques :

Compositeur : Arno Moriz

Po.
oui mon beau ma te lot un___e chau
oui mon beau ma te lot de doux mou
oui mon beau ma te lot du ga zoui
mière lon laine ______ chau mière lon lo
tons lon laine ______ mou tons lon lo
llis lon laine ______ gazoui llis lon lo
et un jo li ver ger sur les vagues
et des poules a qua tiques gli ssant sur
d'un chœur de lan gou stines d'un or chestre
on du lées
skis nau tiques ______
de sar dines ______

Dis, mon grand capitaine,
Que dirais-tu lonlaine
Que dirais-tu lonlo
De bâtir une chaumière
Au milieu de la mer ?

Oui, mon beau matelot,
Une chaumière lonlaine
Une chaumière lonlo
Et un joli verger
Sur les vagues ondulées.

Dis, mon grand capitaine,
Que dirais-tu lonlaine
Que dirais-tu lonlo
D'élever des moutons
Au milieu des poissons ?

Oui, mon beau matelot,
De doux moutons lonlaine
De doux moutons lonlo
Et des poules aquatiques
Glissant sur skis nautiques.

Dis, mon grand capitaine,
Que dirais-tu lonlaine
Que dirais-tu lonlo
Du gazouillis des thons
Plutôt que des pinsons ?

Oui, mon beau matelot,
Du gazouillis lonlaine
Du gazouillis lonlo
D'un chœur de langoustines
D'un orchestre de sardines.

Dis, mon grand capitaine,
Que dirais-tu lonlaine
Que dirais-tu lonlo
De vivre sur l'océan
Jusqu'à la nuit des temps ?

Oui, mon beau matelot,
Je te dirais lonlaine
Je te dirais lonlo
Que le vent nous emmène,
Tu seras ma sirène
Bis Que le vent nous emmène
Je serai ta sirène.

Le froid

Monsieur et madame Bolkodaz et leur chat Chat rentraient d'une soirée chez leur ami Raoul, quand leur auto tomba en panne au milieu de la campagne gelée.

– Nous ne sommes pas si loin, dit monsieur Bolkodaz, faisons le reste du chemin à pied.

Après avoir érré dans la neige et le froid, ils finirent par admettre qu'ils étaient perdus.

À ce moment, madame Bolkodaz aperçut une petite cabane de chasse.

Les Bolkodaz décidèrent d’y attendre le matin vaille que vaille.

Ils allaient s'endormir quand un lapin fit irruption dans la cabane.

– Acceptez que je dorme ici, dit le lapin, il fait si froid dehors.

– C'est bien embêtant, répondit madame Bolkodaz, est-ce que Chat va s'entendre avec vous ?

Mais Chat avait bien trop froid pour penser quoi que ce soit, si bien que le lapin se roula en boule dans un coin de la cabane et s'endormit.

Une minute plus tard, un renard pointait son nez transi dans la cabane.

– Je suis frigorifié, dit le renard, laissez-moi entrer, par pitié !

– C'est qu'il y a un lapin ici, protesta monsieur Bolkodaz, et nous savons très bien que les renards mangent les lapins.

Le renard supplia tant et tant que les Bolkodaz le laissèrent s'installer à côté du lapin.

Une minute plus tard, un loup soufflait autour de la cabane.

– Ah non ! dirent les Bolkodaz, cette fois il n'y a plus de place, et puis vous allez manger tout le monde.

Mais le loup sut trouver les mots qu'il fallait si bien qu'il se coucha entre le lapin et le renard.

Une minute plus tard, un élan grattait de ses andouillers à la porte de la cabane.

– S'il vous plaît, est-ce que je peux m'abriter ici ?

– Il y a un loup ici, dirent les Bolkodaz, allez ailleurs !

– Je préfère être mangé par un loup que mourir de froid, dit l'élan.

L'élan entra et se coucha entre les Bolkodaz, Chat, le lapin, le renard et le loup.

La cabane était pleine comme un œuf et bien chaude.

Tout le monde s'endormit.

Au petit matin, les Bolkodaz et Chat se réveillèrent seuls dans la cabane.

Ils avaient bien dormi.

À une centaine de mètres, il y avait une cabine téléphonique.

Un garagiste répara leur auto.

Une fois chez eux, ils téléphonèrent à leur ami Raoul pour lui dire qu'ils étaient bien arrivés.

Le voyage au Japon

SUPER

Il arriva qu'un soir d'hiver où les Bolkodaz sortaient du supermarché, le brouillard était si dense qu'ils ne trouvèrent pas l'arrêt d'autobus.

– Il doit être un peu plus loin, dit monsieur Bolkodaz.

– Ça fait trois heures que tu me dis qu'il est un peu plus loin, dit madame Bolkodaz au bout d'un moment.

– Savez-vous où est l'arrêt d'autobus ? demanda monsieur Bolkodaz à un fantôme qui errait lui aussi dans le coton blanc.

Mais le fantôme ne répondit pas.

– Je crois entendre un bruit de moteur, dit tout à coup madame Bolkodaz. Et tiens ! voilà les phares.

– Je ne me souvenais pas qu'il y avait autant de marches, dit madame Bolkodaz en montant dans l'autobus.

– C'est que tu es fatiguée d'avoir tant marché, répondit monsieur Bolkodaz.

– C'est bizarre, dit madame Bolkodaz, une fois qu'ils furent installés, je ne reconnais personne du quartier.

Et au bout de dix heures de trajet, elle ajouta :

– Nous avons dû énormément marcher pour que le voyage dure si longtemps.

Quand ils descendirent de l’autobus, le brouillard s’était levé.

– Henri, dit madame Bolkodaz à son mari, je crois que nous sommes au Japon.

Les douaniers japonais interrogèrent longuement les Bolkodaz.

On leur réserva une place sur le prochain avion afin qu'ils rentrent chez eux.

Mais en attendant, ils furent autorisés à manger leurs provisions au pied du Mont Fuji-Yama.

Le gâteau de pommes au miel de monsieur et madame Bolkodaz

Tous les dimanches, monsieur et madame Bolkodaz font cuire un gâteau de pommes au miel.

Auparavant ils sont allés chercher :

300 grammes de farine

175 grammes de beurre

175 grammes de miel
70 grammes de sucre
1 sachet de levure

2 pommes

3 œufs

1 citron

Voilà ensuite ce qu'ils font.

Monsieur Bolkodaz épluche les pommes. Madame Bolkodaz les coupe en tranches fines.

Monsieur Bolkodaz fait ramollir le beurre.

Madame Bolkodaz ajoute au beurre le miel, les œufs, le jus de citron.

Chacun leur tour, monsieur et madame Bolkodaz mélangent bien cette pâte pour qu'il n'y ait pas de grumeaux.

Madame Bolkodaz verse la farine et la levure tandis que monsieur Bolkodaz mélange encore.

Puis madame Bolkodaz verse tout ça dans un plat beurré et dépose joliment les tranches de pommes sur le dessus tandis que monsieur Bolkodaz grimpe sur une chaise pour chercher le sucre.

Monsieur Bolkodaz saupoudre les pommes de sucre. Madame Bolkodaz allume le four pas trop fort et monsieur Bolkodaz glisse le gâteau dedans.

Au bout de 45 minutes, quand le gâteau est bien doré, monsieur Bolkodaz le sort du four.

Madame Bolkodaz dispose sur la table 2 assiettes, 2 cuillères, 1 grand couteau.

Monsieur et madame Bolkodaz attendent que le gâteau refroidisse.

Puis ils le mangent.

Épilogue

– Je crois que nous avons tout dit, Henri, dit madame Bolkodaz.

– Nous n'avons rien oublié, approuva monsieur Bolkodaz.

– Et comment allons-nous appeler notre livre ?

– Que dirais-tu du *Grand livre des Bolkodaz* ?

4bis